JN193036

ひとりを研ぎて

野々山三枝歌集

短歌研究社

Mie Nonoyama

ひとりを研ぎて　目次

草色の繭　9
暁の読書　11
桃介橋　14
ぎんどろの詩　17
母のオルガン　21
年輪のない草——わが庭　23
若き友との吟行　25
冬わが家　28
再出発の拠点　31
鳴つてゐますよ　35
うつと躁　37
夏の小樽　40
白薔薇　42

体　温　45
老いざる茂吉　48
あんぱんのおへその桜　51
錆びしふるさと　53
月影の谷　57
朝の鏡　60
なほ待つごとく　63
ちちははの蔵　66
浄土落語　68
いづこの宙へ　72
破れやすくして　75
夫の名　78
生きる手形　82

わが臍帯 85
声ぞゆらゆら 88
さびしいと言へば 90
屠蘇風呂 94
おほきな洞 96
寝ぼすけ梟 99
六月の葡萄 102
いのちあたたか 106
土の指紋 110
誌上お隣 114
大　柿 118
ひらり尾をあげ 121
運命線 124

諏訪湖 128
一番若い日 130
白　日 134
夜の歌帖 137
微笑す 141
カレードスコープ 146
花巻逍遙 149
いつでもどこでも 152
三万日を生きて 155
丘の館 158
雨宮さん 162
福茶のまどゐ 165
冬いちご 167

戦後七十年 170
手作りピクルス 173
渇　き 178
たまづさ 182

私の代表歌 186

あとがき——母に代わり 188

ひとりを研ぎて

草色の繭

去年(こぞ)ことし草色の繭庭に生れ守つて黙つて樹は立ちてをり

ポケットのひとつ手帖があたたまり冬枯れ丘に詩歌わきたつ

過ぎこしのわれの曠野に灯をともし寒の疎林に瑠璃鶲美し

起き出でてスクワット体操けふといふ時間の軸がはじまり揺るる

庭燎たく社にうつし身の影黒くれうれうと生きて列に加はる

暁の読書

まだ少し夢をみたしと思へども七十歳このししむら痛し

どくどくと懐中電灯より液体のしみ出づ　事故がありさうな午後

生（なま）ずいき酢まみれ旨しくれなゐを山姥の情とわかつ夜すがら

目覚し草青き水ぐんぐんひきあげてすがしきなかの暁（あけ）の読書は

風が分ける白髪ゆくへ撫で直しまづは取材の手はず整ふ

新しき世にめぐりあふごと青葉いろ取材に急ぐ四辻過ぎれば

師の書信持ちて訪ひしに信綱翁まづわたくしにテストを課せり

しきつめし心いつぱいの屋上に朝(あした)の富士が大股に来る

桃介橋

ずいき漬山蕗漬にさくら漬ひと味ひきあぐる木曾の精気は

なほ疑問のこれど取材の足ゆるめず木橋長いぞ桃介橋は

木曾馬の胴腹ふとし脚ふとく土着のちから　山迫りくる

合せ鏡共鏡のわがうしろ背に憑きてはなれぬけふの貞奴

逢ひしけふの貞奴わが旅の湯に出できて女人の肌へやはらぐ

「おいでんさい」木地師の手挽き底ごもる南木曾椀のぶ厚きが好き

木曾の椀三つをリュックに詰めしより訝のやうに木肌のぬくみ

ぎんどろの詩

病室にそれぞれの不安検査済みしわれにいつせいに五人の視線

入院三日　軌道修正終へて身は単純にかろがろと弾み帰り来

一車輌誰も居ぬ間(ま)を文庫本　遥かなり学徒の帰省日のごと

人ごみの千鳥ヶ淵と無縁なるや戦没者墓苑の陶棺の位置

潤ひなく喉渇くはて桜なし戦没者青き墓苑ひそけし

めがね替へ桜木仰ぐくろぐろと史実のかたまり地に落ちきたる

無償といふ雲のはるかを中村哲アフガン難民の巷に生きる

ハンセン病、旱魃のアフガン奔る医師ぎんどろの詩を零すがごとく

抱ふるは難民八割アフガンのひやびやと去らぬ声のぬめりは

母のオルガン

新芽だつ三つ葉あけびを摘みためて春の宇宙が胃の腑を濡らす

大焙炉(ほいろ)どつかと農薬のなき時代一年分の茶を作るふるさと

初物を供へしわが母わかか筍(たけ)のご飯わたしも作りて供ふ

きしみ鳴る回転椅子の古びの間　七人の子が寄る母のオルガン

シャッターは竟(つひ)に切り得ずと大石芳野　緑色地獄しみ出づる墓

年輪のない草――わが庭

光受けコリウス葉つぱの世界地図しあはせさうに蟻わたりゆく

夏に飽き褐色に染みし朝霧草　年輪のない草かこち貌

色の濃く庭葡萄熟し垂れてゐるペンが欲しいわが手も垂れて

過去は過去通せんぼの太き棒が下りぐりぐり青レモンふとるいざよひ

飛行機の尾が白く切るおほぞらと丹沢山(たんざは)を総べる銀の鳶ひとつ

若き友との吟行

手と足に人類のこころざしあるごとく長谷寺の椅子みな海に向く

長谷寺の水子供養の燈にめぐるカザグルマゆらぐ途のを暗し

蟻ぢごく踏むまじ山門帰源院にがく若かりし藤村に会はむ

仰ぎ見し漱石の扁額帰源院畳の上にこぼるる近代

さても薫園寂しからずや大仏殿葉がくれに歌碑ひつそりと建つ

つかさどる神のごときが近づきて一途にまつ赤なけふの夕富士

冬わが家

雪の日はポトフときめて遠来の客人(まれびと)待ちゐるこころ煮ふくむ

宮城伊豆沼の雁はいかがや星映す水面ひき寄せわかか菜を洗ふ

雪しまく門灯の下あをじろむ誰(た)が影去りしか大き靴跡

とびきりの秘策なければ身にまかせ港の丘のぼる立春びより

豪雪の越(こし)のあしたを富貴子さん雪貫(ぬ)きぬきて短歌(うた)さやけかり

朝戸出をざくざく霜柱ふむ若きをとこの軍靴に非ずよ非ざる日本

箱根美術館

毛逆だて虚空跳ぶ猫レオナール・フヂタならずとも今の日本の如し

帰りきて点灯すればみづみづし夫の油彩画嗚呼とこゑあぐ

再出発の拠点

めざむれば弥生つとめて道ほがらシンプルライフにさくらばな散る

バリアフリー軽やか住まひ倦まざれば再出発の拠点定まる

とつおいつ思案の渦にくる齢(よはひ)アクセル踏み踏み春の野はしる

母やどす都わすれの濃むらさき坐(いま)さば百歳四月九日

瑠璃草の花を見まほしせせらげる水辺に佇てる語り部の母

とほき世の私として訪ふ東歌　万葉かがよひ宿すか三毳山は

かたくりは慰藉とし花のよきかなと道づれとせし母の一首甦りく

重たいな左半身　し残しの仕事どどどどーん叩く深夜を

「行く雲に呼びかけてみよ」と築地正子気象圏かなた光ほろろぐ

鳴つてゐますよ

笹竹が鳴つてゐますよ根岸庵　路地に明治は遠くて近し

降りみ降らずみ子規のもろごゑ聴く庵(いほ)に紫いちはつ耳をたてたり

選句後に喰らふは愚庵の釣鐘柿ふしどみつしり病牀六尺

子規庵のあがり框はこそばゆし脚絆・すげ笠の長塚節

悼・米原美智子先生

思想とふ首根つこ把(とら)へ生きし師よ切り岸のしたかまくらの墓

うつと躁

朝のうつ昼の躁へと変化して寡婦となりゐつどんでん返し

あさの陽がゆらり掠めし銀の匙ひとりがゐない一人たりない

忘れ箸思ひの箸に食む昼をもう何処にもなしふたりの旅は

運命・生命・愛情線のてのひらに赤き道ひくこの天道虫

洗ひ髪にレモンしたたらせ明日（あした）へと渡すはあまた日の昏れぬうち

鬱の巣をぱちんとはじき梅雨晴れまいまだ読まざる古書並べ干す

光陰の矢のごと訪ひ来し卒業生たち満ち潮のごとゆるぶわが家

「生きてゐるうち働けるうち日の昏れぬうち」矢口日澄さんのはがききらり

夏の小樽

デスマスク多喜二はここに在りしかと一瞬しろき炎の文学館

わが生るるころ多喜二死す熱泥のごとその傷み乾くことなし

潮風のマントが黒き多喜二の影いくたび重くつつむ小樽は

統制とふ小暗き思想はぎとれば小樽ホームにゆらめくランプ

ねむくなる海底トンネル寝台車　古代の闇の寄する香のなか

白薔薇

卓上の出羽ラ・フランスふたぎ圧すいまし訃報の不意なりし

愁雲のかなた晩節肖像のゆらぎ顕ちけり茂太先生

意志として白薔薇祭壇にささげもつぐいぐい九十年命明るむ

現し世の旅鞄はた隠り世の旅鞄あかあか燃ゆるフモール

「すぐに書く」帯文賜ひてまた青葉の出羽に逢ひしが別れなりとは

浮き沈み波瀾万丈語るなく精神医学者ふときペン跡

庇はれしことの幾たび先生のふしぎな識眼ひかりもつ沼

体温

冬疎林しみじみ独り　枝を飛ぶ瑠璃鶲ふとその体温おもふ

熊笹のあはひを二羽の小綬鶏は死者曳くごとく山墓に消ゆ

ゆきあひの空に広重の「月に雁」浮かびてにひ年さやぐ月光

浴槽に月光（つき）が入りきて語りそむ逝きし声音の岸田今日子を

二足なほ捨てられずひたに磨きあぐオランダ木靴風車のひかり

上井さん不思議なえにし若きわれ書きしは父君の学者巡訪記

半世紀前の巡訪記読みたしと上井あき子嗄れこゑの寂寂

「有難う」留守電は肉声受けとめて上井さんそのまま訣れとなりし

老いざる茂吉

ことしまた人間ドックわがいのち桜花の満つる道を往くかも

晩年はいつから?五本の採血のことり音たつ受け皿のうへ

新しきめがねに変へて更新す運転免許証ここにいくたび

殖えに殖ゆ翁ぐさ陽に愉しけれ遠き「アララギ」近き「アララギ」

大石田の「恩」歌ふ茂吉秋陽ざしさこそ茂吉の草鞋のつよさ

いまに甦る二藤部夫人言葉つぐ声しみじみたり老いざる茂吉

あんぱんのおへその桜

古建築の水辺の石に友と座せば言葉知るごとしこのみどり亀

光かへすガラスの文鎮の青くぢら記憶の洞をともす机(き)の上

梅雨じめる土蔵の中に昔呼ぶ武井武雄ゐて絵本嵩なす

あんぱんのおへその桜が笑ふとき下校の鐘鳴り童女は走る

錆びしふるさと

ギンヤンマまひまひ複眼葦の先　錆びし大きなふるさと映す

游禽は逆光のなか銀の粒　沼べに亡夫と佇つしづけさ

塩辛蜻蛉の光の羽を森の沼食むや水脈のふときうねりは

猿田彦山里の端に佇ちいまし地域差政治への視線するどし

布靴を汗にぬらして筋トレす身すがらかろしおーい綿雲

白桃のみつみつ食みたき病室に拳はじけつつ雷鳴はげし

不夜城の院内センターに総べられて心音刻刻うつ暗号を

高層の窓割り火花す稲妻に遠見ゆ稲田の真青なる郷（さと）

退院すなべて忘却せむとわが門扉はづせばサルビア溶け出づ

月影の谷

十六夜日記をもちて訪ひたり

念ひ確かにけばだつ阿仏尼生きし跡ふとぶと横たふ月影ガ谷（やつ）

谷（やつ）わたる鳥は玉づさ負ひ来しと都恋ふ阿仏七百余年前

筆さばき足捌きつつ阿仏尼のここか衷情の月影ガ谷

片手には訴状を片手に和歌こそと念誦す為相(ためすけ)の母の執念

なめらかに言葉捲きしづめ日記濃ゆし月影ガ谷いのちなす森

僧不在神官不在の寺社まもる里べにさむし緋もみぢしぐれ

朝の鏡

朝の鏡加齢しづめて化粧(けはひ)なす寒の牡丹のくれなゐ満ちて

幾光年の星かげのもと菩提寺の梵鐘にわれの新年(にひどし)ひらく

氷雪の丹頂の舞引きよせし初夢は暁(あけ)の羽音へしづるる

どすどすとレンジに爆ぜてぎんなんの夕膳ほとびひと恋ふ心

独り食むぎんなんご飯　宙(そら)に母いましてめぐれる昔の家族

父の欅百十年目ふるき家しるしと護る残つて八本

なほ待つごとく

あけび嫩葉摘みて放ちし熱き椀　吉言（よごと）のごとし朝萌えの窓

『燈火節』頁に乾きし花の薔薇誰ぞこころをここに置きしか

※『燈火節』…松村みね子（片山廣子）の随筆集

呑む酒の金箔いくひら腑のなかに人をなほ待つごとく沁みたり

白絹のほそき織糸ひかりたち冬麗の野往き結城をたづぬ

日すがらをわれは織りびと梭(ひ)を握り踏木踏むちから足裏を領す

腰を据ゑ高機織りゆくまなさきに繭こんじきの渦まくひかり

ちちははの蔵

刈り跡にはしる稲魂（いなだま）　捕へたるをさな鬼幾万跳ねとぶこだま

身のほとりこがらし小僧鬼小僧めぐり来る夜の菊膾旨し

「たくさんの家族でしたね」ちちははの蔵を見守る満月すがし

祖父・父の蔵書はなべて古書百年　無用の用と小暗し蔵は

わが守るまなじり深く光はらむ寒月に建つちちははの蔵

浄土落語

七宝焼(しっぽう)の指輪がひかり晩年にくる真空地帯のやうな宵闇

朝戸出の父に切火す母の手に散りにし火花こよひ流星

笑ひ種撒きつつ死せる枝雀話芸新涼の宵　耳にさやけし

ふと枝雀　面ざし見する夕日かな聞きたし浄土落語一席

変幻の枝雀のわざが誘ひきて明るくひと日閉づるＣＤ

冥き道のがれたしとは思はねど露けきミソハギ供ふる今朝は

打ち水す秋海棠に死者生者おも影もつれつつ銀しぶきあぐ

論に論かへさず揶揄すそれだけの憤ろし政治家画面消したり

ふつふつと小豆粥炊くにつぽんのひもじさ寒さこきまぜ煮立つ

門大きく開けて待つ家　傘寿・喜寿・還暦　梅雨のまどゐの邃さ

いづこの宙へ

荒潮に身を叩きつつひるがへる群アヲバトは怖れざる死を

山深くすむアヲバトの保身術弟(おと)に訊きたり生きよ美(うま)しく

ことごとく桜花を散らす雨のなか平福美術館扉ひらきあり

前肢かかげいづこの宙（そら）へとぶ馬かこごれる百穂の絵ぢから怪し

借用の文の束とけばなだれ落つ大正・昭和おもき深襞

借用の期間短かし肉筆にびしびし文人の性(さが)がきはだつ

草折戸ひと夜の宿はほたる宿ゆつくり旅鞄ふくらみゆくよ

破れやすくして

笑ひ撒き十返舎一九・式亭三馬霧のごと来てわれを眠らす

病む心臓抑へきびしき講義なりき源氏物語一筋の師が夢にたつ

難聴の生徒はいつも目を見てる目で合図する次は君だよ　菊池　陽

難聴の子にそそぐ教師の阿吽の歌ひかりごけのごと光るたびたび

忘れゐしことをわらふな志保子・小夜子「月光」誌筐に十余年ねむる

求め得し歓びかへりくる「月光」誌戦中の紙破(や)れやすくして

書きおとしの一行を悔ゆるしくしくと魚骨にのみど刺されるやうで

一冊ごとわが歌集に注ぎ書き給ひし塩見匡氏　飛花落葉の訃は

夫の名

持ちこたふる力のなかに恋しけれ博物館にある夫の名さがす

ここに生きし人人抱へもくもくと船歴史博物館にぶき光す

モデルシップ舷窓に灯をともしみむかの誰彼生きて靴の音せり

萬朝報　土佐丸を告ぐ明治廿九年欧州航路展きたる年

豆ほたるの燭に忽ちノルウェーの月影が満ち夫在り生きゐつ

天につづみ鳴るごとイルフ童画館雁の渡りのあるやうな宵

九十二歳老僧水島上等兵祈りのひと世上州に死す

老いたる僧水島上等兵死すとも『ビルマの竪琴』退嬰あらず

全身はすべて出口と七日七夜湿疹はちから噴きつつ果てぬ

欲しかりし童女のすがたまとひつつ若木の紅梅初花ひらく

生きる手形

ペースメーカー手術(オペ)後の新宿　電磁波を少し避けまづは一歩踏みだす

生きるわが手形とうつすX線ペースメーカーかつきり小型

体内の小型異物とともにあるわが生きる手形にいまだ慣れざり

まな先にケイタイ光れば誤作動すペースメーカーの身一気にかはす

継がれきて這子（はふこ）・天児（あまがつ）ちりめんの吊し雛ひそか障子に映えて

また会はむ雪の出雲の吊し雛祈りて作るやさしきをみな

雪を掘り届きし奥出雲のふきのたう湛ふるよさみどりありがたう

わが臍帯

あたらしき木の芽摘まむと青葉渓しやがの名問ひていづこゆく夫

首のべて鴨食む水草ひかりゆれ初出社の朝甥も揺れをり

灌頂の巻を啣へて啼くごとし今朝ほととぎす六月の空

守るごと父の書が添ふ臍帯は乾びて奇妙ないつぽんの紐

くるまれて和紙も古びぬわが臍帯役立ちのときあるとふ不思議

くりのべし巻紙丈余杉浦非水　明治若書きの絵添ふる恋ぶみ

声ぞゆらゆら

ＧＨＱ検閲下、杉浦翠子が正田篠枝の原爆体験の歌の発表に尽力。

恐れつつ秘密出版す『さんげ』百首　被爆うたびと正田篠枝は

空の声うつしてひびくカリヨンよ再びここに呼ばむ峠三吉

くつがへる戦史などなし八月の空覆ひうめきの雲重く垂る

さび朱いろほほづき死霊の火瘦せざりき六十四年目また夏がくる

二十本ほほづき抱ふれば戦に死を強ひられし声ぞゆらゆら

さびしいと言へば

朝の髪つよく梳きつつ生きの引力確かめてゐる今日のてのひら

しら骨の姪に幼き日せしごとくかけてやりたきあやとり浄土

死は時を選ばぬものをふたり児に面影残し若く姪逝きぬ

ひとときを話し尽くして帰る息子の尾灯追ひゐるわが齢わびしむ

爪の伸び早く時の間いよよ速し逆説のごとき庭の月かげ

美術展ひと隅に「みだれ髪歌留多」黙つて明治の五枚がひかる

寒雲のかげりて太田絢子亡し短歌（うた）生（む）す邃き杳々山荘

端坐美しく太田絢子はわが取材に白牡丹ひらくごと水穂語りし

さびしいと言へばいいのだ底脱(そこぬけ)の井に寂しくない貌われを映して

洗つてもなほ手を洗ふ夜の更けを何やらはむとするや手洗ふ

屠蘇風呂

庭にともる黄熟レモンつよき香を吉事と摘みて年納めせむ

おもひ若く熱もち歩むイブの街区揉まるれどなほこの脚に行く

わが家の屠蘇風呂一人欠けしまま月さす湯ぶねに齢を愛しむ

命つなぐケア棟に裸木の楢・くぬぎ・銀杏いちづの簡浄に立つ

眠い眠い一樹をアカゲラ叩きつ穿つ音のこだまや寒晴れの朝

おほきな洞

地と天と一気に息の合ふせつな丹頂翔べり舞ふごと翔べり

那須野ヶ原オホタカひとつ青天を刺して冴えはつ眼（まなこ）こんじき

庭おほふしだれ白梅子ら巣立ち故郷おほきな洞となりゐる

栃の実の降る小天狗の谷に逢ふ懐かしけごろものまたぎの翁

おほよそは無縁ときさし四千余名外人墓地は鉄の扉とざす

死のかたち例へば客死外人墓地海見むとたつ冬の丘寂(さ)ぶ

寝ぼすけ梟

親鸞の座せしとふ石　下野(しもつけ)高田ひかりまきつつ弥陀の誓願

幼より亡父より説かれし歎異鈔ひとり念仏す親鸞史跡

初午の宵は湯浴みの火をたかず火伏せ伝説まもるわが郷

節分豆・鮭の頭・大根・酒粕となつかし郷土食すみつかり食す

まづ捧ぐ道祖神双体にすみつかり初午の道駆ける若もの

連座・まどゐに食す故郷のすみつかり夜泣き稲荷に風の笹鳴り

春眠をともにす寝ぼすけ梟のステンドグラスに桜舞ひ散る

藍がめは生き継ぎて千年　賜はりし下野（しもつけ）藍布着て出でむ春の野

六月の葡萄

さきがけの六月の葡萄冷やしおく霧生れて線描となるわれの故郷

梨の新種あきづきを置く夜の灯に体感す汗その手古郷の手

生れし蕾そのひらくさま私の名の由来書く祖父のうつしゑ

伝言の亡夫のメモある『とこしへの川』消えざりき白き火ともし

むしぼしす「馬酔木」はじめての茂吉の五首さやかに初夏の風通りゆく

むしぼしの風残りゐる古書しまふおのもおのもの紙の手ざはり

高齢といへど過保護は罪なりきそのあはひ微妙例へばわたし

高齢の運転免許賛否論背を刺す　雨の試験場に入る

ドクターはギプスを割れり右の腕遠来の客のごと太くあらはる

いづくにかわれのうまごのゐるやうな浜昼顔のむれふくらみぬ

丸く独りの浴槽なべて自動なりハーブかをれり癒えゆくわれか

いのちあたたか

まづ新米供ふるならひ父のごとなせばわがふるさと発光せり

カーソルは逡巡しつつ癒えよ友　声もて打ちぬ長きメールを

足でセーブ反り身でセーブ胸でセーブはがねのやうなりＧＫ川島

にらみ立つ獅子ふんじんのＧＫ川島たらざりしを言ふ勝利の面（おも）に

幾たびの逢瀬のやうに懐かしむ追熟ル・レクチェ重きふるさと

祖父宛の中西悟堂かすれ文字　九十年前を書庫にひもとく

弟の鳥の連載「keolg（ケオルグ）　kol（コール）」賢治のフクロフはしるユーモア

弟の百葉箱朽ちず畑なかに帰郷するわれに光こぼせり

数しれぬ愁ひの星と見る冬を老いゆく時の間いのちあたたか

誰かゐるピアニッシモのやうにゐる寒のひぐれを呼ぶか亡き夫

土の指紋

「生きてゐます」惨状記さず磐城びと土の指紋のはがき一行

生まれしとき子は親選べず別れ死を選べず津波ひき波の跡

原発事故身を賭して現場に懸命な人びと家族の影をまとひて

見舞ふこゑそらぞらしと書く大口玲子映像追ふ吾なし得ず何も

震災の喪失の深みに芽のひとつふくらむやうにみどり児笑まふ

大津波に沈みし残骸いづこまで行方たづねむと海流宇宙

よこはまの地下街いそぐ節電のひかりやはらかに人を浮かばす

英断をねがへど原発五十四基　梅雨の日本洞ふかく秘む

花ばなをくり山野に還すごと喪の被災地のがれきかなしも

誌上お隣

さざめきて出羽さくらんぼクール便「流されびと」若き茂吉恋ほし

砂ばしりの音こもる富士の登山杖　発光しをり戸棚の奥に

高山病の生徒ふたりのリュック負ふ六根清浄　胸突き八丁

山小屋のひと夜の洋灯（ランプ）に眠りゆく女生徒をよぎる未来がしきり

蛍の群くるめき燃ゆる火小貝川（こかひがは）若さにはやりし教師の帰路に

田中正造生きて直訴す一瞬のちからの気迫高校演劇

わが脚色若書きなれど鉱毒事件田中正造劇に燃えし高校ありき

ともに編みし幼友いまは亡し蛍籠　蛍もあらずよ麦秋牧歌

誌上お隣外輪さん、いま興津さんかつては島秋人さんも亡き人

大柿

秋ふかむ気象圏悠悠いわし雲文学・医・謎の手　北杜夫死す

白薔薇の兄の祭壇遺族その弟(おと)マンバウ氏しぼめりまあるく

〈ゲシュトルベン〉父茂吉のいまはを兄と弟と交しし挿話波うつ今も

なにか刻刻迫るごと来てこの小さき活字読まねば額つけて読む

喪のみちは躓きやすく秋の花抱へ抱ふる抱へきれざり

箱のなかまつ赤に透きて蜂屋柿祖父の植ゑたる大柿届く

ひと葉ひと葉みなレクイエム銀杏の樹ことし終りの十三夜月

ひらり尾をあげ

知多半島のまんなか半田　髪弄ぶ風と来たりし童話の郷（さと）に

「ごん狐」哀話と二万のまんじゅしやげ矢勝川べり火の色をなす

穂孕みの青すすき原「ごん狐」ひらり尾をあげ生きてみせたり

花に声あらば聞きたし曼珠沙華南吉の郷満たす万花が

わけへだてなく死者と生者在るごとく彼岸花十方に緋の蕊ひろぐ

蹄の音澄みてひそかに響くごと新美南吉　草みどり館

運命線

一直線のわが運命線　掌(て)の窪に熱砂の小花咲かせたき昼

皺ふかむてのひらいよよ迷路めき手相せつなく光宿して

みのりたる庭のレモンは黄を研ぎて入り陽にむかひ人を待ちをり

七種(ななくさ)なべてあつめし粥に菊膾　昔の家族みな揃ふがに座す

捕虜の苦を一切語らず露語「カチューシャ」唄ひし同僚よ遠き記憶に

寒晴れの鎌倉み堂歓びてあひ寄る緋めだか大甕のなか

真綿のやう温き母の手　春立つ日まさ夢見しと思ふあかとき

記憶の川ながるるわたしの五年日記貧しきや心の反照にがし

ゆきかへる音叉のごと息子の写メールミモザほろり三分咲きなり

ぱつと空気割れたり真紅シクラメン宅配便に聞く早春の音

諏訪湖

みなもとに諏訪湖のひかり湛へつつ武川先生逝きたまふ

『氷湖』二冊書棚より「肉声」説き給ひし遠きまなざし我に届きぬ

短歌に迷ひ佇ちつくしたる石神井の庭蘇れど帰りきませず

かぎろひたついしぶみ一首緲緲と諏訪湖さか巻くごとき悲報は

月やどるみづうみ詠みし赤彦、邦子　あたら生の緒武川忠一

一番若い日

さくら雨にこもりて厨の除菌終ふまがごと払ふ一本の薔薇

束ねきれざるこれがひと生と重きかなアルバム次次積み重ね積む

遺されし結婚指輪こんじきに命ふきあげ金環日食

君の指輪七時三十二分中天にはりつきて遭ふ金環日食

道玄坂白系ロシア人弾き語るボルシチ店若き炎(ほ)集ひし戦後

「今日が一番若い日」西村恵信の言葉母われを諭すか息子のメール

黄の薔薇の形にパイン切り分けて独居よすがの夏至にぎにぎし

心暗く置き去りてゆく「赤ちゃんポスト」命あづけて足らふか親は

置き去りのおくるみの嬰児は壊れさう無人の小窓に灯ともす病院

命運のわかれの小窓　ゆき迷ふ母の乳首を欲るみどり児は

徹夜つづき朝風呂のあと胸苦し弟(おと)はＩＣＵ　管にまかれつ

白日

ほあほあと匂ひ水仙かつてここに記憶の壺ありきファースト・キス

白日のひかりにすずかけ枯葉落つ陽の温みわれにそつとわかちて

根づきたるふる里の蕗ぴこぴこと草笛の音か蕗のたう出づ

二十三夜月　天心にただひとつ語り尽くせといふごとく冴ゆ

すみれの花デコパージュされし石鹸の夜ふけの泡に謳ふ夢あり

ようしやなく忘却はきて曲者の老いは夜叉面つけてあらはる

夜の歌帖

詠みたきこと摘み残したる夜の歌帖高みへたかみへ誘ふ十六夜(いざよひ)月

脱却をねがひて歌帖ひらく野に逆光びしびし穂芒の原

七丁目銀座に芋煮食む出羽の湯気に茂吉のメガネくもりぬ

斎藤茂吉「あかあかと一本の道とほりたりたまきはる我が命なりけり」に返歌

しろがねの蔵王連峰にたばしるはその一念に生きしおもかげ

合掌のなかに巣ごもる亡き夫　元朝の墓富士を見てをり

電車・バス乗降に手をのぶる優しさにためらひ戸惑ひ紅葉散ります

寺庭の大甕に嬉嬉とし緋メダカは浮かぶ水面の鰯雲食む

競ひ立つ花と葉豊饒シクラメンかの子のやうに運ばれきたり

五十年役目はたしてクルマ免許証免罪符なれ筐ふかく納めぬ

幸運は脚の障害扶けくれし愛車・免許証終了とする

好みたる運転歴の五十年無事故なればこそ免許更新はせず

微笑す

あたためしミルクうつすら被膜して咲きし白梅に添ひゆくこころ

言葉選びじゆんじゆん吾を諭す息子に抗ふ思ひ秘めて微笑す

繁殖の春の音かなドラミング冴のつよしアカゲラの朝

塩水撰終へたるころか水奔り春耕いそぐしもつけの郷

ひとり食む麵麭(パン)に滔滔とながれくる大家族なりし食卓の音

弾薬庫の丘陵ひらきて六百の窓もつハウスに春の灯ともる

麗子像のやうな亡妹と巻き舌の未明の鶯を真似て遊べり

密林を分け入るやうだと就活の甥まつしぐら　教育実習

古印体フルネーム印鑑贈らまし社会人門出の甥の来春

紫陽花がまつ盛りですそれだけを告げて命日の燈明を消す

文法に苦しめば質問せよ返信切手無用と最終講義の佐伯梅友

『野づかさ』を叔母より賜ふ良平と自署あり古びはにほへど温し

カレードスコープ

わが作る玻璃のキットの万華鏡いまひとたびとひかり願ひて

短歌の穂ひつそりかくしてゐるやうな万華鏡くるり廻してくるり

手渡してやりたき音たつ万華鏡　架空の幼は微笑すほのか

しんみりとみどり児の香や桃二つまろばせ移り香くるりとふはり

陽の路上ころがる空蟬樹のかげに青どんぐり添へ小さく弔ふ

群れ咲くは白妙ばかり庭の貴船菊つくづくと晩節の生命恃めり

自が老いを襤褸と詠みし森岡貞香光背のやうその過ぎこし念ふ

花巻逍遙

「未来圏の旅人なりき」賢治生家をひたすら訪ひし若き日われは

花巻へこころ逍遙す『兄のトランク』清六氏の声またひびきくる

賢治生家の仏間の空気六十年　清六氏と重なりていまなほふかし

たまひたる賢治の詩集六十年初日さす書架に冴ゆる想ひ出

大き詩碑あふげば松籟　花巻に春の音洩るる「畑にゐます」

寒椿ぽつぽつ落花す寺庭に昼の陽ほつこり阿弥陀経誦す

いつでもどこでも

雪かきわけ二月十四日礼（ゐや）なしたけれあまたの言葉胸にたたみて

雪に昏れ亡きひとの著書並む書架に涙腺ほとびかすむ背の文字

資料かこみ論駁の卓に小高夫人の珈琲になごみ　一冊成りぬ

腫れし腕のオペを見舞ひし院内を大股の歩調若かりしかな

面ざしはいつでもどこでも甦り語調さやかなり助言の電話

告別の日に届きたる「よきものの」掉尾の一首うづく不可思議

三万日を生きて

病めば爪の伸び早くして白き爪戻り来し力に切る音よろし

匂やかな若葉のそよぎ三万日生き来て朝戸の出足踏みしむる

心肺蘇生ＡＥＤ掛けあるマンションの廊の往き交ひ命仄めく

いづこにもかたちなき夫　法会なす本堂に時の流れおそろし

法会後にうからに注ぐ一献のウォッカ火の奥君の影たつ

礼状の結びを「未来へ未来へ」と書きて投函す青葉のポスト

丘の館

スマホなくタブレットなし炎暑道ペースメーカーの身瘦せずに行かむ

マンション棟圧して勢ふ篠懸・公孫樹弾薬庫跡地の丘の館は

音程はゆるがずすがすがし高齢の歌ごゑサルビアの館満たせり

頰うづめ香を移しきてわれを抱き別れ言ふ友ケア棟に去る

一碗にきくらげししやも夕餉なす素食の糧に足らふる齢

母よ母と早朝ノッカー叩きしや秋海棠の花溢れ置きあり

虚実皮膜の論を講ずる教授そのころ今もわがペンを襲ひ来

立ち枯れて茎に種子抱く立葵　来夏この庭に会ひませうまた

書きなづむ稿に一本のペンの影十三夜月わたりゆくかな

雨宮さん

憧れは若き日のままそのえにし水晶のいろ『水の花』かも

夕あかね塔のみこんで組鐘（カリヨン）の音（ね）に『水の花』湧きくるかなし

再びの逢瀬なく雨宮雅子さん書棚より洩れくる一首また一首

亡き人のからみつくレリーフひしひしと孤独死の抒情深みゆくかも

受話器のなか歌とその論雨宮さん歌の翼の凪は死なざり

文末に必ず熱く「短歌ひとすぢ」いち枚いち枚ふらむ文筥(ふばこ)

福茶のまどゐ

カイゼル髭三角帽子若きウェイターハロウィンに湧く館のひと夜

「ではまたね」真夏の言葉「また」遂になし居待の鋭き冬の月かげ

柚子の香に梅干・炒豆（いりまめ）追儺の宵昭和期にありし福茶のまどゐ

不具合のパソコンにいらだつ寒夜ふけ六連（むつら）星に会はむ扉（ドア）開きたり

外見ばかりうつとり感動いけません獰猛凄まじクリオネの生

冬いちご

流氷の小さき塊のやう氷頭なますこりりこりこり元気ですから

ミルクのなか浮く冬苺あかあかと弥頻（いやし）けよごと誕生日とは

息災にとたそがれ地平の雲に告ぐことし私は年女です

体感のゆるらにほとぶる一時間椅子あり毬ある体操教室

よき匂ひシャボンこもらせ開くたびふうはりかをる旧き和簞笥

滝のやう玄関に十連の吊し雛「わたし健在よ」老友言ふごとく

コロボックルの小さき足音ここかしこ息吹の庭に蕗の薹萌ゆ

きぶしの花、桜の道へと膝かばひ歩調ととのふるわが白き靴

戦後七十年

帰りきし門辺に抒情する沙羅の花悲しかりけふのわれの失態

迷ひ悩みの限界と知るじゅんじゅんと医師説く人工関節のオペ

一礼を必ずなして通学路「金鵄勲章（きんしくんしやう）誉（ほまれ）の家」ありき

若き教師に「金鵄勲章」問ひみれば「知らぬ」と敗戦七十年いま

辞書のなか閉ぢこめしまま死語となれ「金鵄勲章」これの四文字

家郷メロン届きてふたつ姉と妹(いも)呼びあふ如く熟れてゆきたり

悩ましき前ぶれなしの動悸激し心臓ホルダーに耐ふる酷暑を

水に立つ乙女の絵箱にとどめおく今井邦子カード色褪せざりき

手作りピクルス

「外をご覧下さいませ」九十歳明らけし単純月夜の電話

北畑さん言葉の地図のやう布製ノート温もり・縁(えにし)机に置きぬ

気づかずに賀状の文字悔しめり泰子さん織りたる感覚の糸

胴太のプラタナスの下椅子を置く深呼吸する日日のわがため

カラフルな手作りピクルス麵麭(パン)にのせ朝のピエロか春の踊りす

首折れし蕾バラ三つ水盤に真紅とひらくふた夜をかけて

合唱の輪に入り老紳士眉あげて「北帰行」歌ひひそと去りたり

夜の鏡閉づれば今日はここまでか未練なりデンファレ花冷笑す

よくぞ訪ねてくれしアトランタより友よ六十年の時一気に溶けて

サシバ去りツバメ去りゆき空動きつつ雁の群待つ月の伊豆沼

病の歌詠むまじと思へど痛む膝遣らふ術なし秋雨に昏るる

朝髪にはしる静電気よべに見し鬼太郎宿るかほろほろ愉し

所狭しびゆんびゆんレンジの中に爆ぜギンナン翡翠ま冬の眸

渇き

年たけて迷ふわだちや人工膝関節置換術九時と告げらる

ぶ厚き封書お守りひとつ光のやう麻酔にさめし枕辺にあり

わが手握る骨太大き手誰ならむ集中治療室出づればゆらぐ春燈

貯血ふたつ使はず手術(オペ)すみ身に戻す夕陽のしづくのやうな点滴

いつまでをとび跳ねゐるや眠れぬ深夜形エンゼル幻視のおどろ

ドクターの抜糸の手元見つつ数ふ縫合たしかな二十五針

誰の手もあらぬに車椅子ふつと消ゆ幻視のごとし癒ゆるといふは

バーコード四十日間白き輪のネームバンド解かれたりけり

空よ五月まざまざとしてオペの跡帰らむやいざ帰心矢のごとし

丘の病院見返り仰ぐみしみしり新樹の息吹き押しわけ帰る

たまづさ

再入院　時間が惜しい体内の霊気リリリリもの書けといふ

長病めば『仰臥漫録』もどき書けといふ息子よ平成の今まさに真夏だ

みとりする母、妹ありてその理念貫きし子規　かの根岸庵

時おきて文字に托していかがかと毀れないやうな玉梓を受く

遊牧民のふとき力がわが心押すモンゴル高原友のたまづさ

航空便ふはり降りたち折鶴はあなたのメールと共に出できつ

病院食飽きて切なし何がなし内村航平の美技に救はる

ふいにきしいらだちストレス網目なすやらはむと空茜夕映ゆ

ネイルアートなき手に白桃むきくれし二人のあはひ流るるよき香

白桃といへばたちまち「白桃（しろもも）」の茂吉おもざしせまるまなさき

生れし言葉書かむとすればすき透る虚空に文字書く茂吉おもかげ

私の代表歌

ヴェネツィアンの耳輪つめたく濃むらさきひとりを研ぎてゆくほかになし

野々山三枝

ガラス工芸品が好きな私は、エミール・ガレ展や美術的なガラス専門店を訪ねる旅をしていた。私が育った村落には電気が無く、生活はランプであった。だが客間にだけは洋風の青いガラスの実に美しいランプがあった。後年、柳川の北原白秋記念館で同じような洋燈を発見、郷愁に似た感動であった。

その後、ヴェネツィアガラスの首飾りと耳輪に出会い、楕円形の濃紫の玉からふしぎな音律が洩れくる気配を感じた。

この一首は『檸檬プリズム』(平成12・3刊)の巻頭歌だが、当時の私は近代の文学、文化に業績を残した文人の研究をまとめ十か月ごとに刊行(共著)する仕事に就いていた。必ず原典にあたる実証的な研究方法で、各図書館、その他での資料検索や遺族や遺跡の探訪等、多忙な日々であった。新資料発見の歓びや貴重な文献の提供、示唆に富む助言等、その体験の度に「ひとりを研ぎて」更に進みたい願望が切実であった。
耳輪が揺れたある日、即詠に近い形で結実したのがこの短歌で、幸運にも「かりん」全国大会で最高点を得て、馬場あき子先生の肉筆色紙を戴いた。歓びを秘めて大切にしている。

(「かりん」平成二十八年六月号)

あとがき――母に代わり

母、野々山三枝は、平成二十八年三月十四日、十年以上通院した横浜保土ヶ谷中央病院に膝の人工関節の手術のため入院しました。成功のように見えて、一時は歩けるようになりましたが、感染症を発症し、さらに二度の手術を受けました。入院半年を過ぎた九月二十四日、敗血症に進行し、九月三十日に無念の最期となりました。

『海の地図』以降、研究も短歌も極度のスランプで、「もう、やめる。」と何度も言っておりましたが、女学生の頃から憧れ続けた馬場あき子先生のもとを離れることなど、母にはできるはずもありませんでした。食べることさえできなくなってしまった九月でも、病室の母に、短歌だけは彩りをもたらしてくれたように見えました。

これまで何度か持ち上がった第五歌集の話も、自分の納得のいく短歌が足りないと見送り続けていましたが、感染症となった四月末の頃から、「退院したら、今度こそ絶対に、第五歌集を出すんだ。」と言っておりました。そんなささやかな願いさえ打ち砕かれた母を思うと、長男としてはどうしても刊行いたしたく、古谷円様、泉真帆様にお願いをして刊行の運びとなりました。

『ひとりを研ぎて』という題は、病室で書き上げた母の最後のエッセー「私の代表歌」(「かりん」平成二十八年六月号)に取り上げた歌、

ヴェネツィアンの耳輪つめたく濃むらさきひとりを研ぎてゆくほかになし

より付けました。

時をご一緒させていただいた皆様には、これまで賜りました御厚情に感謝申し上げます。また、ほんのひと時でも、母、野々山三枝を思い出して

いただければ幸いと存じます。

今、母は横浜市泉区の無量寺に「歌月院詠誉三宝大姉」として、元気な富士を望みながら眠っております。

平成二十九年八月

野々山篤彦

野々山三枝（ののやま・みえ）

栃木県真岡市に生まれる。昭和女子大学卒業。馬場あき子に師事、「かりん」同人。

歌集『月と舵輪』『花韻歳月』『檸檬プリズム』『海の地図』。

著書には『近代文学研究叢書』（共著）の渡辺水巴、志田素琴、姉崎嘲風、福田正夫、半田良平、今井邦子、斎藤茂吉、太田水穂等。

平成二十八年九月三十日死去。

検印
省略

かりん叢書第三一七篇

平成二十九年九月十日　印刷発行

歌集　ひとりを研ぎて

定価　本体三〇〇〇円
（税別）

著者　野々山三枝

発行者　國兼秀二

発行所　短歌研究社

郵便番号一一二―〇〇一三
東京都文京区音羽一―一七―一四　音羽YKビル
電話〇三（三九四四）四八二二・四八三三
振替〇〇一九〇―九―二四三七五番

印刷者　豊国印刷
製本者　牧製本

ISBN 978-4-86272-538-7　C0092　¥3000E

短歌研究社　出版目録

＊価格は本体価格（税別）です。

文庫本	馬場あき子歌集	馬場あき子著		一七六頁	一四〇〇円	〒一〇〇円
文庫本	続馬場あき子歌集	馬場あき子著		一九二頁	一九〇五円	〒一〇〇円
歌集	飛種	馬場あき子著	A5判	二五六頁	三一〇七円	〒二〇〇円
歌集	いつも坂	岩田正著	四六判	一九二頁	二五〇〇円	〒二〇〇円
歌集	和韻	岩田正著	四六判	一八四頁	二五〇〇円	〒二〇〇円
歌集	サラートの声	伊波瞳著	四六判	二〇八頁	二五〇〇円	〒二〇〇円
歌集	宙に奏でる	長友くに著	四六判	一六八頁	二〇〇〇円	〒二〇〇円
歌集	スタバの雨	森川多佳子著	四六判	二三二頁	二七〇〇円	〒二〇〇円
歌集	湖より暮るる	酒井悦子著	四六判	一八四頁	二五〇〇円	〒二〇〇円
歌集	二百箇の柚子	池谷しげみ著	四六判	二二四頁	二七〇〇円	〒二〇〇円
歌集	サフランと釣鐘	浦河奈々著	四六判	一九二頁	二五〇〇円	〒二〇〇円
歌集	地蔵堂まで	野村詩賀子著	四六判	二一六頁	二五〇〇円	〒二〇〇円
歌集	ダルメシアンの壺	日置俊次著	四六判	一七六頁	三〇〇〇円	〒二〇〇円
歌集	光へ靡く	古志香著	四六判	二二四頁	二五〇〇円	〒二〇〇円
歌集	翼はあつた	四竈宇羅子著	四六判	一八四頁	二五〇〇円	〒二〇〇円
歌集	月曜と花	土屋千鶴子著	四六判	二〇八頁	二五〇〇円	〒二〇〇円
歌集	落ち葉の墓	日置俊次著	四六判	二四〇頁	三〇〇〇円	〒二〇〇円
歌集	地下茎	鈴木良明著	四六判	一六八頁	二五〇〇円	〒二〇〇円
歌集	透明なペガサス	田村奈織美著	四六判	一七六頁	二五〇〇円	〒二〇〇円
歌集	野うさぎ	舟本惠美著	四六判	二三二頁	二五〇〇円	〒二〇〇円
歌集	真珠層	梅内美華子著	四六判	一八〇頁	二七〇〇円	〒二〇〇円
歌集	百年の雪	篠原節子著	四六判	一六八頁	二五〇〇円	〒二〇〇円